가난한 물감

권오숙 시집

가난한 물감

초판 1쇄 인쇄 2023년 9월 1일
초판 1쇄 발행 2023년 9월 7 일

지은이/권오숙
펴낸곳/도서출판 우인북스
등록번호/385-2008-00019
등록일자/2008년 7월 13일
주소/안양시 동안구 시민대로 272, 1305호
전화/031-384-9552
팩스/031-385-9552
E-mail/bb2jj@hanmail.net

ISBN 979-11-86563-33-5 03810
값 10,000 원

가난한 물감

권오숙 시집

우인북스

잠자는 내게

사랑으로 스며들어

깨우시며

가난한 마음으로 살기를 원하는 당신에게

고난이 축복이었음을 고백합니다

| 차례 |

여름

가을

겨울

봄

잔대

여름

금강초롱

십자가 사랑

보트 안에
낡은 옷을 입은 인형

깨어진 틈새로 들어오는
검은 물에
눈을 감고
조금씩 잠겨갈 때

해보다 더 밝은 빛이
틈새를 막아

당신을
바라보게 하시네

일어나게 하시네

함께 노를 저어가자고
손을 잡으시네

나는

머리에
당신이 십자가에서 흘리신
피 한 방울 묻히고
그 힘으로
자유롭게
광야를 날아가는

산
새

탐욕

사람의 발길이 뜸한 산길에
금붓꽃 한 송이
귀한 야생화라며
주저하는 남편을 뒤로하고
얼른 캐서 배낭에

두고 온 숲속의 친구 생각하며
배낭 안에서
눈물 흘리며
죽어가는 금붓꽃은 모른 채

따스함을 핥는

김 나는
토마토 파스타

비 그친 사이
잠깐 나온 겨울 햇살
살금살금 따라가

따스함을 핥는 혀

후회

약수터에서 내려오는 물길을 따라
파놓은 웅덩이에
풀어놓은 가재를
살아있는지 살펴보지도 않고
그 안에 내가 있는지도 모르고
바쁘게 세상으로 향할 때

그가 나를

사막으로 부르셨네
낮의 뜨거움 간직하여
밤의 추위를 잘 버티는 법을 배우라고
밤이 되면 무수히 쏟아지는 별이
더 잘 보이는 곳이라고

요새

이곳은

내가 가고 싶은
방금 바다에서 건져 올린 참돔회가 있는
추자도의 민박집

설악산
아직 아무도 밟지 않은 계곡의
새벽안개도 자욱하고

혼자서 조용히 시를 쓸 수 있는
당신이 함께하는
작은 골방

무음, 물음

당신을 향한 나의 기도가
핸드폰의 전원이 꺼진 것처럼
소리 없을 때도

들으시지요?

가장 잘 쓴 시

시를 써 놓고
의미가 모호하여
그대로 컴퓨터에서
삭제된

새롭게

친한 벗이 말을 겁니다
시를 써?
물음표를 지우지 못하고
집까지 데려와
그냥 누워 버렸습니다
어쩌면 노아의 홍수 때
40일 밤낮 내리던 비처럼
나를 침몰시켰는데요
나를 바라보시는
당신의 미소에

다시

시인의 기도

당신의 뜻을 이루기 위해
저의 마음이 놋 성벽이 되게

당신의 사랑을 전하는 시인이 되기 위해서는
지나가는 여린 바람에도
마음이 베이게

간구 1

죄의 비늘이 하나씩 굳어
철갑옷이 되어 나를 가둘 때

아침 햇살의 부리로 쪼아

모두 벗겨져

당신 앞에 벌거벗은 채
부끄러움 없이

부끄러움 없이 서게

순종이 기적을

비의 이야기가 가득 담긴
물 항아리에서 떠낸
남루한 손에 받쳐진
한 잔이
당신에게로 향하는 여정 속에서
고난의 물이 포도주로 바뀌는
축제가 되는 비결은
당신 말씀에
고개 숙일 때입니다

귀향

거실에 걸려 있는
동양화 한 폭
눈 오는 날
지게에 겨울을 지고
맨발로 집을 나서는 농부
함께 집을 나섰던 나는
지게를
조용히 당신 발 앞에 내려놓고
렘브란트 〈탕자의 귀향〉을
벽에 박는다

단단히

부활절에

배꽃이 핀
태릉 농원 언덕에서
체리 주스 마시며
내일 시작되는 중간고사 앞두고도
여유를 마시던
대학 1학년 봄날

지금의 나는
94세 시어머님
저녁 차려드리고
서서히 내려앉는 어스름 보며
마시는 꿀차 한 잔에서
벌들이 윙윙거리는
꽃들이 만발한 정원을 보네
코로나19로 사방이 막혀있어도
벽을 뚫고 들어오는
당신의 향기에
나의 영혼이 살아나네

선물

밤 지나고
아침이 다시

간구 2

해 아래에
새것이 없는데
시를 써야 하나요?
당신이 창조한 이 땅에
처음으로 떠오를 때의
햇살이
나의 영혼에
가득
스며들어
새 노래를 부르게 하소서

사랑

당신 앞에서 고개를 떨굴 수밖에 없고
당신 때문에 당당히 고개를 드는

왕고들빼기

가을

넓은잎구절초

직접 보여 주시는

까마귀 떼가 날아갑니다
무리를 지어 나아가는 것도 갸우뚱하지만
제일 앞의 우두머리는
힘차게 무리를 이끌며 분홍색 빵을 물고 갑니다
나의 일상이 늘 봄이 되어
우리가 되는 꿈을 이루시기 위해
당신이 앞에서 이끄심을
직접 눈으로 보여주시는
나의 하나님
우리의 아버지

푸른

생각의 서랍을 드나드는
생쥐 한 마리
여물지 못한
꿈 이삭을 물고 와서
빤히 쳐다보네
눈동자 안에 가득히
사랑을 담고

황홀

겨우
세 개의 화분 안의 포인세티아가
꽃집을 가득 채우며
붉은색의 매력으로
크리스마스를 휘몰아 오고 있는

채움

피뢰침 위에 곤줄박이가 앉아 있다
겨울 깊은 이 동네에
먹을 것이 있나?
곤줄박이 깃털 사이로
바람이 지나고
아침 햇살
조
금
씩

곧 봄이

하늘에 박힌
하얀 반달

작은 새가 울타리에 앉아
선글라스로 겨우 감춘 울음을
한참 바라보다

화려한 깃털을 뽐내며
오색딱다구리의
나무를 쪼는 소리

꽁꽁 언 율동공원 호수에
흰 눈을 딛고 종종거린 철새들의 발자욱

따라온다

과천 대공원 호수
밟아도 꺼지지 않는 얼음으로 덮여 있다

아장아장 작은 청둥오리
호숫가 얼음장을 두드리며
조심조심 걷는다

청둥오리 지나간 발걸음에
봄이

고향

눈 속에서 먹이를 찾는 고라니

얼음을 뚫고 흐르는
물의 재잘거림

새의 노래에
가득히 채워지는 나

분당을 떠나
이제 나의 고향으로
가만히 와 닿은
망우리

섭리

새들이 이른 새벽마다
창 앞에 푸른 잎사귀를 물어다 놓는 것은

공동묘지가 가득한
망우리에서
부활을 노래해야 함을
깨우치는

삼월

아기의 손

하늘을 쥐는

춘분

숲속 도서관으로 가는 길
영하의 날씨에도
냉이는 자라고
아이들은 바람 속에서 놀고 있다

아이들아!
바람을 뚫고
청년으로 자라거라
너희들의 몸짓이
봄 불러옴을

어리석은

당신의 도우심으로
옥상에서도 청포도가 열리는데
아무것도 모르고
내가 잘 키웠노라고
참새가 쪼아 먹으면
비닐봉지를 씌우며

비닐봉지 안의 청포도가
썩는 것도 모르는 체

사라지다

문득 돌아보니 주인 없는 개가
슬그머니 따라오고 있었다
야위지도 않은
내 안의 빛이 "가" 라고
나지막하나 단호하게 명령했다
얼른 꼬리를 내린 검은색의 동물은
순하기까지 했다
존재조차 모르게
나도 모르게 사육한 검은 그림자

기도

새벽 3시부터
눈물만 흘리며
장롱에 기대어
허름한 옷이 되어가네

아침 해가 떠오를 때
나는 아무것도 할 수 없음을
엎드려 고백할 때에야
비로소
빛으로
옷 입히시는

회복

당신이 소중히 여겨 가슴에 품은
은전 한 닢
그대는 모르고
지나가는 바람이 되기도
때로는 녹슬게 방치하기도
그러나
은전에서 흐르는 눈물이
당신의 눈물과
하나가 되어

소망 1

지는 해가 더 아름다운 것은
내일을 품고 있기 때문입니다

겨울을 노래하라

오대산 전나무 숲에서 만난
쓰러져 있는 고목은
600년 동안 지켜온 세월의 무게가
속이 텅 빈 가벼움으로

하늘을 찌르는 전나무 아래서
키 낮은 조릿대는
쌓인 흰 눈과 함께
봄 이야기를

눈이 녹기를 기다리며
겨울을 노래하라
텅 빈 가벼움도
초록의 재잘거림도
나의 삶이거니 부둥켜안으며

사랑의 세레나데

비가 내립니다
밤에 설잠을 깬 나는
빗방울이 땅에 닿을 때
봄의 악보를 그리는 손을 봅니다
겨울은 설 자리가 없습니다

가난한 물감

아직 자고 있니?

예수님 오른쪽 눈의
피눈물
한 방울
떨어뜨리지도 못한 채 맺혀 있네
긴 밤을 지나는
차가워진 마음에

뚝

살만하니?

스며드는 따뜻한 물음
부드러운
사랑의

청노루귀

겨울

포인세티아

삶

공사 중입니다

덜 마른 시멘트에
그대의 발자욱 찍히고

삐죽이 나온 철근들이
심장을 찌릅니다

먼지 속에서 그대의 얼굴
희미하게만 보이는

지금은
공사 중입니다

어느 날

당신의 나라가 임할 때에
비로소

당신의 손길로
공사를 완공할 것입니다

지금은
공사 중입니다

입안에 가득한 추억

돌담을 따라 손잡고 가다가
오디나무를 지날 때면
교회 종소리가 아무리 크게 들려도
입이 시커멓게 되도록
무등을 태워
오디를 따먹게 하던 큰 오빠

6월이 되면
번지는
4살
신령에서 살 때의

우리를 살린

엄마도 독감에 걸리고
나도 함께
아무것도 넘어가지 않고
아무 맛도 못 느낄 때
밥상 위에 올라온
그 멀건 좁쌀로 끓인 죽이
우리를 살리네

코로나에 걸려
아무 맛도 못 느끼고
세상 돌아가는 맛도 못 느낄 때
생각나는 그 간절한
김이 피어오르는
*조당수 한 그릇

* 조당수–좁쌀로 끓인 죽

깃발

엄마는
그렇게 기도하셨다

유리창 너머로
멈추지 않는 폭우를 보며
우리 딸이
오늘
서울로 공부하러 가는데
비 좀 그치게 해 주세요
그 기도가
68세의 나에게
가끔 몰아치는 삶의 폭풍을 뚫고
지금도 앞으로 나아가게 하는

왈츠를

결혼식을 하는 딸을 위해
아버지는 결혼식장 근처에 숙소를 잡고
저녁으로 도가니탕을 배달시킵니다
딸과 어머니는
그 안에 얼마나 많은 축복의 언어가
담겨 있는지 압니다

이제
70이 가까운 딸은
비가 내리는 어스름한 가을 저녁녘에는
결혼식 전날 억수같이 쏟아지던 비와
아버지가 시켜주시던 도가니탕을 초대해서
함께 왈츠를 춥니다

맡기며

늦은 나이에 직장이 없어
새벽의 별 보며
혹한의 겨울을 견뎌낸 방한화
여름 더위를 유난히 타서
교회로 함께 가던 슬리퍼
이제 가정을 이루기 위해
부모를 떠나야 하는 시간
현관에 가지런히 놓는 아들에게
오직 당신만 바라보도록 맡기며
사랑의 기도로
미래의 문을 열어줍니다

접시 위의 눈물

멸치와 다시마를 우린 육수를
정성껏 끼얹으며 졸인 참조기를
어제는 밀어내시더니
오늘은 아들이 발라주는 정성에
마지못해 수저를 드신다
부드러운 조기마저 뱉어내시는
어머니의 모습
차마 볼 수 없어
현관문을 열고 나온다

힘들지만
힘들지 않게

아버지의 손수건

아버지에게는 울음이
깊이 감추어져 있었다
계속되는 가장의 무게를
감당하기 힘들어
스스로 손수건이 되어
흐르는 눈물을 닦고
또 닦고
내 눈물까지 훔쳐주시다가
낡고 낡아서

마침내

부러진 시간 속에서 찾은 보석

자전거를 타다 넘어졌다
척추 1번 골절
시멘트 바닥에 누워
숨도 제대로 쉬지 못하고
오줌을 질금질금 싸는 그 순간
십자가 위 예수님의 고통이 생각났다

그 사랑이
뼛속까지 전해지는
오늘

어린 섬

밤이면 안개가 자욱하다 민박집 주인은 봄이면 추자도에 안개가 자욱하다고

그러나 봄을 밤이라고 자꾸 말하고 있다 나의 시간은 밤인가? 내 속의 아이에게 질문을.

시어머님을 모시고 사는 동안의 시간은 죽어있었노라고 말하는 나를 당신은 불쌍히 여겨 겨울에만 낚이는 학꽁치를 70마리 넘게 낚이게 하셨지만 낚이지 않고 있다 나의 시간은.

가끔 입질만 할 뿐.

감추어 둔 시집 한 권

내 마음에
시집 한 권을 감추어 두었습니다
차마 나의 허물을 들추어내기 싫어
비밀스럽게 자물쇠를 채워놓아
굳게 입을 다문 시

그 시가 반란을 일으켜
마음을 부수고
뛰쳐나가려고 하면
잠잠히 당신만 바라볼 수밖에

이별

찢어진 노트에 적혀있는
라끄 프레뵈르의 시를
서랍 깊숙이 넣어 두었다

〈절망이 벤치에 앉아〉

다시 꺼내어
햇빛 속에 가만히

안녕
젊은 시절의 절망이여

한 자
한 자
산화되어 날아가거라

별의 모서리에 다다르면

살짝
미소 지으렴

더 가까이 보기

돋보기를 끼고
당신은 내게
곁에 있는 사람을 잘 보라고 하십니다
그가 밥을 먹는지
생각을 잘 표현하는지
혹 길을 잃고 주저앉아 있지는 않은지

그 모습 속에

내가 있다고

아침

39살 아들이 2년의 공백을 깨고
취업이 되어
첫 출근하는 날
그 일이 일상적인 일처럼 여겨지는 내가
대견한

시간의 선물

92세 시어머님
어머니 몇 년 더 살고 싶으세요?
남편이 물으니
2년 더 살고 싶다고 하신다
아들은 1년 더 보태 95세까지 건강하게 사세요, 한다

그때 내 나이는 69세

그래서 하나님께
오늘부터 하루를 10년 사는 것처럼
살게 해 주셔서
시어머님을 모시느라
이런저런 일을 못 했다고
불평하지 않도록 기도했다

첫날은
동이 트기 전에 기차를 타고
낯선 곳에 있는 나를 만나고 싶다

둘째 날은
피아노 앞에 앉아 좋아하는 악보를 따라
하루 종일 마음의 길을 내고 싶다.

셋째 날은
아직 아껴두고 있다

나는 지금 86세를 살았다

그 안에 우주가

94세 노모는
좋아하는 연어회를 아들 앞으로
슬며시 밀어 놓고
이가 다 빠진 잇몸을 드러내
지그시 웃음을 보이네
머리카락 희끗희끗한
68살 아들

평안

목욕을 안 하겠다던
94세 된 시어머님
오늘은 선뜻 옷을 벗으신다
허리가 불편한 며느리는
오랜만에 함께 웃는다
다소곳이 앉아 계시는 모습이
꼭 어린양 같으시다

아침 6시
욕실에서 쓰는
삶의 시

소중함

친정아버님의 설교에 등장하던 파랑새가

산 너머가 아닌

내 곁에 있음을

깨닫는 새벽

부모님께 보호받고 자랄 때가

가장 행복했다고 지금도 말하지만

95세의 시어머님을 돌보는 이 시간

어머님이 파랑새임을

여호와이레

7월 29일은 아들 생일
나이가 40인데
혼자 지내는 시간이 안타까워
생각이 깊어질 때
망우산에서 내려오는 길
까마귀가 하얀 큰 빵을 물고
나의 길을 막으며
나뭇가지 위에서 말을 한다

너는 알고 있니?

창조주는
이 산을 네 입에도
물게 하실 수 있는 분임을

큰꽃으아리

봄

클로바

나에게

고개를 숙여
더 깊이

그 속에
나를 사랑하는 우물
깊숙이
한 개쯤은 파라고

더불어

둘레길을 오르다가
샌드위치를 먹는다
벌도 샌드위치에 앉아
몸을 둥글게 말고
빵을 물어 날아가고
또 날아와서
온 힘을 다해
빵을 입에 물고
내 손 주변을 한 바퀴 돌고
숲속으로

나도
숲속으로

여우비

카페 양귀비에서
턱을 괴고 있는 아가씨
마주 앉은
모자를 눌러쓴 사내

햇살을 받아
떨어지는 비는
여우가 되어
두 사람 사이를
이리저리 반짝이며 촉촉하게

소망 2

전신주에 걸려있는
검은 비닐을 찢는 바람
갈기갈기 찢어진 사이로
바람이 쉬이 지나가기를
지나간 바람이
돛을 움직이기를
그리하여
원하는 항구에 닿기를

자유

일어나기조차 힘들어
그대로 주저앉히게 하던
허리의 통증
오랜 시간이 지나도
일어서는 나를 여전히 무너뜨리려는 너에게
영원한 휴가를

친구

김장 배추가 도려져 나간 자리에
남은 뿌리

그 뿌리를 겨우 덮는
허옇게 말라버린
남은 잎 한 장이
이불이 되는

회개

무심코 들려온
한마디 말에
나를 감싸고 있던 향기가
시궁창 냄새로 변해버리는
말의 무서움
나 또한
수많은 너였음을
떨며 깨우치는
새벽

빛나는

새벽 1시 57분에
마음의 눈을 열어 하늘을

총총

그중에서 유난히 빛나는
별

당신께 순종하려는
마음

빨간 한 개의 열매를 위해

시간을 떼어내어
함께 차를 마시고
눈물로 젖은 마음도 함께
마실 수 있는

네 안의 어두움의 깊이를 알기에
뿌리치는 손
묵묵히 기다려 주며

손잡아 당신에게 향하기 위한
기다림은

빛을 향하여

자동차 뒷주머니에
손때 묻은 내가 들어있다
시어머님은 나들이를 가실 때
*물고기 입에서 동전을 꺼내듯이
나를 꺼내 보신다

어느 날
꽃을 좋아하는 시어머님은
꽃씨를 주머니에 가득히 넣고
여행을 떠나시리라

조금은
먼

우리도 모두

* 『물고기 입에서 동전을 꺼내다』 -권오숙 시집

나의 사랑하는 자가

보라색 꿀풀
소담히 핀 사이로
작은 꿀벌 한 마리가
분주히 꿀을 모으고 있다
가을 석양에
어스름은 서서히 물드는데
단호함이 보이는
겨울을 준비하는 꿀벌을

따뜻한 눈으로

등불

닫힌 채 방치된 마음이나
두껍게 쌓은 벽도
볼 수 있는
우리의 영혼

크리스마스

내일을 칼로 베고 싶을 때
칼 대신
꽃을 손에 쥐게 하는

인내

이 여름

태풍 속에서도

가지가 잘려 나간 아픔도 잊은 채

짙은 초록으로 집안을 가득 채울

겨울을 꿈꾸며

버티고 있는

벤자민

꿈을

잣나무 가지마다
까치들이 앉아 있다

백 마리도 넘게

처음 보는 경이로움

좋은 소식도
저렇게 날아오려니

헌신

그물이
너무 작고
낡아
들여다보고만 있는데
가진 것을
소중히 여기라는
목소리에
조용히 당신께 드리네

68세의 나를

| 시인의 말

25년 만에 시집을 낼 수 있도록 격려해 주신 화요문학 동인들, 계속 사랑의 눈길로 시인임을 일깨워 주신 기독교 문인 협회 회원들께 감사를 드립니다.

귀한 야생화 사진을 선뜻 내어준 박영서 님께, 보이지 않게 응원해 준 박찬웅 님께 감사드립니다

내가 사랑스럽지 못할 때, 함께하러 오신, 살게 하신 십자가 사랑과 생명을 노래하며. 이 노래가 끊이지 않기를 기도합니다.

2023년 9월　권오숙